衛斯理系列 少年版 07

頭髮

作者：衛斯理
文字整理：耿啟文
繪畫：余遠鍠

衛斯理
親自演繹衛斯理

老少咸宜的新作

寫了幾十年的小説，從來沒想過讀者的年齡層，直到出版社提出可以有少年版，才猛然省起，讀者年齡不同，對文字的理解和接受能力，也有所不同，確然可以將少年作特定對象而寫作。然本人年邁力衰，且不是所長，就由出版社籌劃。經蘇惠良老總精心處理，少年版面世。讀畢，大是嘆服，豈止少年，直頭老少咸宜，舊文新生，妙不可言，樂為之序。

倪匡　2018.10.11　香港

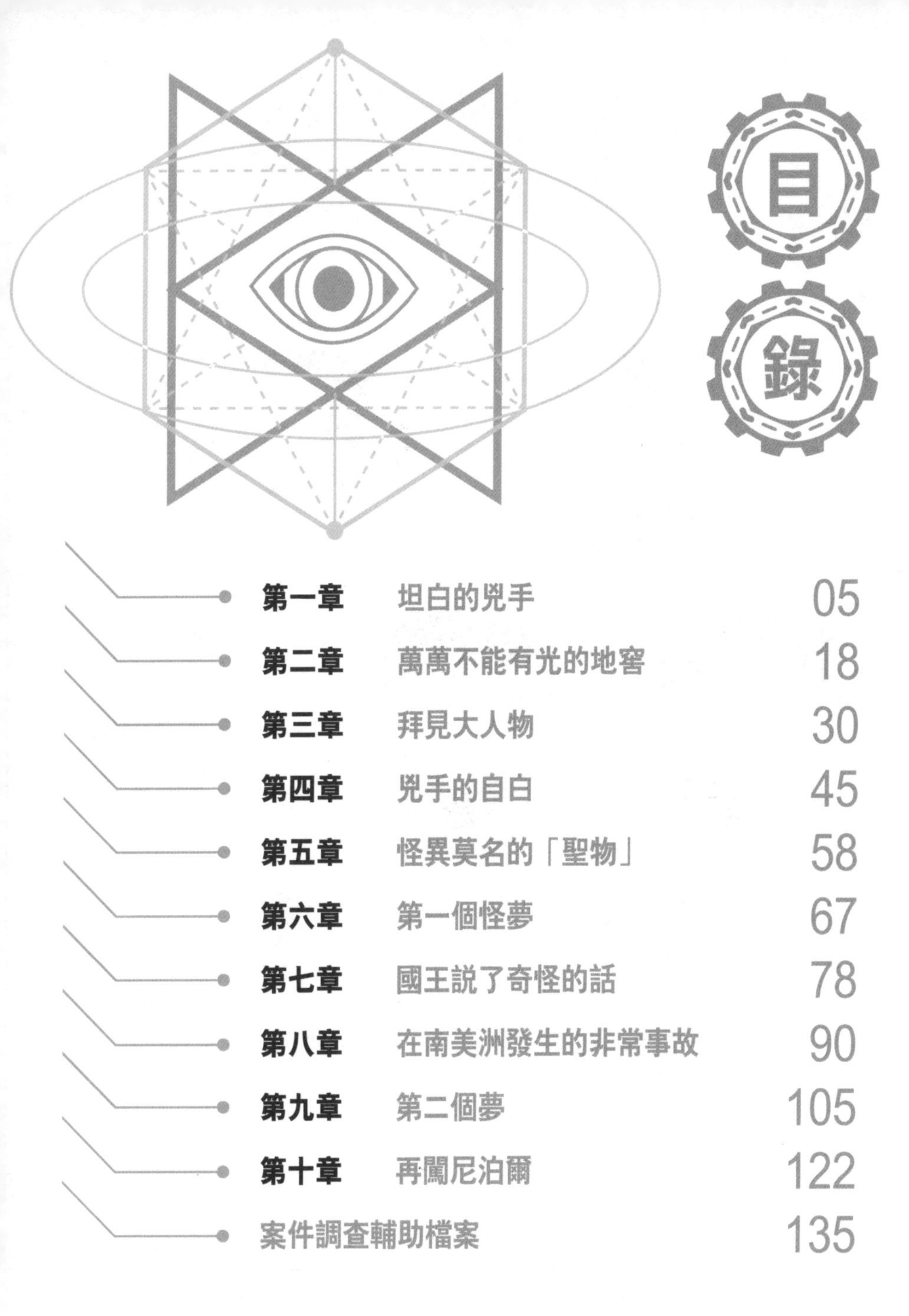

目錄

主要登場角色

第一章

坦白的兇手

畢生在南美洲亞馬遜河流域研究當地植物的利達教授，在年初五致電給我。

「衛斯理，我有一件事想拜託你幫忙。」

我笑道：「雖然我對植物很感興趣，但你才是這方面的權威，以我的水平，根本幫不上忙。」

「不。」他說：「我想你幫我去尼泊爾找我兒子回來。」

「你以為尼泊爾離我很近嗎？」

「不是也在亞洲嗎？」他反問。

「那麼你知道今天是年初五嗎？」我帶點不滿的語氣說。

他卻**莫名其妙**地反問：「那新年不是已經過了四天嗎？」

這顯然是東西文化差異。接着他又近乎哀求地説：「我兒子沉迷**東方神秘學**，留戀尼泊爾，一去不返。而你是研究各種稀奇古怪事物的專家，只有你能幫我了。」

一提到神秘學和稀奇古怪的事物，我的好奇心就被他**勾起**了。

「我要回到**叢林**裏的實驗室去了，那裏通訊不便，有什麼消息你可以留言或電郵給我，我每星期會到鎮上查收一次的。」他拋下這句，便掛了線。

我擔心白素會否同意我在這個時候去尼泊爾辦事，沒想到她爽快答應了：「好啊。」

接着我就知道原因了，她興奮地說：「我們一起去，順道旅遊！」

有白素同行，自然事半功倍，我很樂意。

白素又補上一句：「不過比起尼泊爾，我更想去亞馬遜雨林玩玩。」

「好，都去，順道探望利達教授。」我笑了笑。

我們匆匆準備好一切便出發，可是到出發時，白素才發現她的護照剛好過期。我安慰她說：「不要緊，我先去那邊尋人，到你辦好護照過來的時候，剛好我的事也辦完了，到時我們就可以專心旅遊。」

白素同意了這個安排，於是我便先到 

去。

到達加德滿都後，我立即開始尋人，向當地人查詢西方青年最熱愛嚮往的地方，但找了兩天也沒有結果。

第三天，我駕着一輛租來的吉普車，駛往近郊的一座古廟。在**崎嶇不平**的路上，一個身形矮小的尼泊爾人忽然**跳出來**揮手叫嚷，我急忙剎車。

那傢伙笑嘻嘻地用十分生硬的英語迎了上來，「歡迎！歡迎你來到尼泊爾！」

我感到他一定有企圖，便**冷冷**地問：「什麼事？」

「尼泊爾是一個古老的國家，在這古老的國度中，到處都是寶物，只要你識貨的話——」

不出我所料，這傢伙正正是向遊客兜售「**古物**」的那種人。

「我不識貨，你去找別人吧！」我毫不猶豫地發動車子離開。

那傢伙卻拉住車子不放，嚷着：「先生，我有的是真正的古物，古得沒有人能説出它的年代來，**你一看就會喜歡的！**我的名字叫巴因，就住在前面的村莊裏……」

說到這裏，他已經跟不上車子的速度，鬆開了手，跌在地上。

一小時後，車子來到那座古廟前。古廟的建築十分輝煌，只是現在看來，實在是太殘舊了，不過這也正是吸引西方青年來探秘的原因。

我一進入廟內，便看到一群西方青年正在打坐冥想。利達給我的照片，是柏萊十三四歲時的模樣，如今柏萊也二十出頭了，實在難以辨認，我只好不客氣地打擾他們，大聲叫道：「柏萊·利達！柏萊·利達是不是在這裏？有人認識柏萊·利達嗎？」

他們紛紛抬頭，以厭惡的眼神瞪着我，我仔細地看他們每個人的臉，覺得柏萊應該不在其中，只好轉身離去，「打擾了，請你們繼續。」

當我步出廟門之際，一個身形矮小的西方青年跑到我面前停下，喘着氣說：「先生，你說的柏萊•利達，是不是有一個父親在南美洲的柏萊？」

我登時喜出望外，連忙說：「對！**就是他！**」

「我和柏萊是大學同學，一起學醫的。他是個怪人，幾乎只有我一個朋友——」

我不耐煩聽他敘述他和柏萊之間的

關係，**打斷**了他的話頭：「你帶我去見他就是了。」

那矮個子猶豫了一下，才點了點頭，「你有車，我可以帶路，不過——」

他好像還想説些什麼，可是我太急於辦妥這件事，不等他講完，就急急向外走去。

矮個子急忙跟着我，上了車。由他指路，我駕着車，駛了近一小時，來到一條十分**荒涼**的河邊。河灘上全是亂石，附近沒有房屋，人迹罕至，我不禁**疑惑**地問：「柏萊呢？在什麼地方？」

那矮個子居然伸手指向河邊一堆**拱起**的亂石説：「柏萊就在那裏，**是我親手將他葬下去的！**」

我當場呆住了！我要找的人，已經死了！

此時，矮個子下了車，來到那堆石子前，帶點傷感地説：「柏萊，你到達目的地了沒有？為什麼我一直沒收到你的信息？」

我也下車來到了那堆石子前。矮個子還在喃喃自語：

「辛尼來看你了，你究竟是不是已經達到了目的？」

聽到這裏，我實在忍不住厲聲道：「**快幫我將這些石子搬開！**」

我們一起動手，不一會，堆在地面上的石塊已全被搬開。石塊下的泥土很鬆，我從車上取了一條鐵桿來掘土，不一會，就見到了我要找的人：**柏萊・利達**。

整具屍體用一張舊氈包裹着，屍體已經**腐爛**了一大半，有一股極難聞的臭味撲鼻而來。更有許多地鼠閃着驚惶的目光，吱吱叫着，四散逃去，令人噁心。

我取出一條手帕，包住了口鼻，然後揭開那張舊氈，看到屍體雙手**交叉**放在胸前。我一眼就看到屍體的右腕上有一副銀鐲子，我將它取了下來，鐲子上刻着「**柏萊・利達**」的名字。這銀鐲子我曾經見過，是柏萊父親送給他的生日禮物。

剎那間，我十分感觸，我在想，該用什麼方法通知利達教授，他才不至於太過傷心？

辛尼卻在這時問了一個笨問題：

「先生，柏萊——**他死了嗎？**」

我轉過身來，憤怒地說：「如果這樣子還可以不死，你要不要試一試？」

但他喃喃地道：「**本來該是我的，可是我爭不過他，被他搶先了！**」

「你這樣說，是什麼意思？」我疑惑地問。

辛尼的目光一直停留在柏萊的屍體上，「**柏萊真的死了嗎？**」

我實在忍不住大聲說：「他死了！」

辛尼聽了後，突然變得激動起來，「**他真的死了？**他騙我？還是我們犯了什麼錯誤？如果他死了，那麼，我算不算是兇手？」

我覺得事情遠較我想像中嚴重，立時抓住了他的手臂，喝問：「**你對他做了些什麼？**」

辛尼吞了一下口水，「沒什麼，只不過在他這裏——」他指了指自己心臟的位置說：「**刺了一刀！**」

第二章

萬萬不能有光的地窖

辛尼自稱是柏萊的最好朋友，可是他卻說「只不過」在柏萊的心臟上刺了一刀！

「算不算是我殺了他？」辛尼依然不斷地問這個問題。

辛尼和柏萊都是一間世界著名的大學醫科學生，本來大好前途，可是一個顯然神經不正常，而另一個則成了他神經不正常同伴的犧牲品。

我嘆了一口氣，「辛尼，**你殺了柏萊**。在文明社會裏，殺人是要付出代價的。我看你神經有點不正常，你可能不知道自己做過什麼，但無論如何，你一定要跟我到警局去！」

辛尼一聽到我要帶他去警局，突然發狂地掙脫我的手，轉身逃跑。

我立即撲上去，抓住他身上所穿的一件外套。正當我以為已經抓住他之際，他的雙臂突然向後一伸，將外套脫了下來，繼續向前奔逃。

我再追，可是已經慢了一步，他躍上我租來的那輛吉普車，迅速開動，用力踏下油門，絕塵而去。

我呆呆地站着，發現這裏接收不到手機訊號，不知如何是好。

我離那座古廟至少有七十公里，來的時候，一路上十分**荒涼**，不見人煙，也就是說，我要找到別人幫助，至少要步行十小時左右！

我無奈地回到柏萊的屍體旁邊，胡亂用石塊將他的屍體遮蓋起來，然後開始步行。

走了好幾個小時，當天色**漸漸黑下來**之際，我發現左邊約莫一里之外有燈光。

雖然向左走不是回加德滿都的方向，但那裏或許能找到一兩個人給我協助，於是我決定往燈光的方向走去看看。

原來燈光來自一棟孤零零地建造在荒野中的石屋。這棟石屋雖然小，卻建造得十分堅固，所用的石塊切割得**極其平整**，和一般石屋大不相同。

我來到石屋門前，敲了幾下鐵門，問道：「有人嗎？」

我連問了幾遍，都沒有人回答，便試着把門推開。走進去，看到了屋內的情形，登時呆住。

屋子裏大約只有二百平方呎面積，看來像是一座小廟。屋子中央有一塊大石，大石上放着一個黑漆漆、奇形怪狀的東西。在那塊大石的四周，全是燒盡了的香，還有四個粗糙的燈座，裏面放有油和燈蕊，點着火。我看到的燈火，就是由這四盞長明燈所發出來的。

那大石上的東西形狀不規則，幾乎沒有一處地方對稱。它有六呎高，最突出的部分在中間，隆起一個圓球形，乍看像彌勒佛的大肚子，但其他部分沒有一點和佛像相似之處，所以我肯定那不是佛像。

在圓球上下，全是重重疊疊、不規則的金屬堆疊，就像汽車砸扁了堆在一起的樣子，非常古怪。

我拿出手機，從各個角度拍下了十來張相片。當**閃燈**的光芒照到那東西上面時，有幾處地方產生了強烈的**反光**。

拍完照片後，我彎身細看那東西的底部，正看得入神，突然身後傳來腳步聲，我還來不及反應，後腦已遭到**重擊**了。

我不知道自己昏暈了多久，當我醒來，睜開眼睛時，眼前全然一片漆黑，只聽到一把惶恐的聲音在說：「**冤枉啊，我真的沒有偷過聖物！**」

這個人的聲音聽來有點耳熟，可是我一時間又想不起是誰。

我感到後腦一陣劇痛，伸手一摸，是又濕又黏的一大片，這下重擊真不輕，流了不少血，一般人受此重擊，可能已斃命了。

這時，我聽到一位老者呼喝道：「不是你偷走聖物，還會是誰？」

那**惶恐**的聲音說：「我不知道，我真的沒有，我是冤枉的。」

那老者嘆了一口氣，「巴因，不是我懷疑你，而是我們這一族，傳到現在，就只有我和你兩個人了。我們這一族身負**極其神聖**的使命，你是知道的！」

剎那間，我記起來了！**巴因！**他就是曾在半途攔住我的吉普車，向我兜售古董的那個傢伙！

巴因回答道：「我知道，自從我一懂事起，我就知道了。」

那老者說：「那就好，我相信你，可是聖物的確少了一件，真不是你拿去了？」

「當然不是我，你看，有外人闖進來了，可能就是他偷去的，偷了一次又來第二次！」

卑鄙的巴因！居然把罪狀賴在我頭上，我不禁怒火中燒，正想着如何教訓他之際，事情突然又起了變化。

我聽到那老者忽然發出了一下淒厲的慘叫，接着便是巴因急促喘氣和踉蹌後退的聲音。那老者痛苦地叫着，聲音一下比一下微弱，分明是受到了極嚴重的傷害，而從巴因那充滿驚惶的喘息聽來，老者所受的傷害，顯然是巴因造成的！

老者的氣息逐漸微弱，聲音顫抖地說：「巴因，你殺我，聖物是你偷的！」

巴因沒有回答，只是氣息變得更急促。老者續說：「巴因……你快將聖物找回來，我們這一族，只剩下你一個人了，你……所負的責任……**重大**，一定要將聖物找回來！」

巴因像是發瘋一樣叫了起來，「我已經賣給人家了！我也不會去找，我還要弄清楚，這裏一共有多少件聖物，我會一件一件賣給人家！你死了後，這裏的一切全是我的！」

老者虛弱地嘆息說：「巴因，隨便你吧，反正已經隔了那麼多年，你喜歡怎樣就怎樣，可是……你千萬不能……絕對不能在這裏……弄出任何**光亮**來……你要記得，萬萬不能有……任何亮光……」

老者的聲音愈來愈微弱，終於吐出最後一口氣，**死了**

我感到十分**怪異**，那老者對自己的死，似乎不放在心上，甚至連巴因說要將「聖物」全部賣掉，他也放棄了堅持。可是，他臨死之前念念不忘的，卻是絕不能在這裏弄出任何**光亮**。這裏究竟是什麼地方？為什麼不能有光亮？如果有了光亮，會有什麼後果？

我忽然聽到有**重物墮地**的聲音，然後聲音漸漸遠去，接着是「**吱呀**」一下開門的聲音，最後靜了下來。

我估計巴因已拖着那老者的屍體走出了一道門。我慢慢地站起來，打算趁機逃走，可是四周**漆黑一片**，什麼也看不到。我伸手從褲袋拿出了手機，猶豫着要不要弄點光來逃走……

第三章

拜見大人物

我不明白為何這裏不能有光，但老者臨死前千叮萬囑的那種語氣，使人深信這裏如果有了光，就會造成極大的災難。當我想到這一點，還是把手機放回褲袋裏去，另想辦法逃走。

這時候，我聽到那扇門又打開了，還有漸近的腳步聲，顯然巴因已處理了老者的屍體，又回來了。

我屏息靜氣地等着，聽到巴因的**腳步聲**就在我伸手可及的位置時，我迅速一掌**劈了下去**，憑觸覺一抓，抓到了他的一條手臂。

巴因立時叫了起來，他一叫，我更確定他頭部的位置，

立即伸出另一隻手，挾住了他的頭，拖着他向前走去。剛才我曾兩度聽到門開關的聲音，所以記得方位。

我拖着他走出了七八步，伸手摸着，摸到了一個**平滑**的表面，伸手一推，果然是一道可以推開的門。

我走出去，門外依然是一片**漆黑**。我小心翼翼地感覺着地上的石級，慢慢走上去，到了石級的盡頭，又推開了另一道門，看到了**光亮**。

那是一間約莫兩百平方呎的石室，還有一道石級，再**通向上面**。地上有一支燃燒了一半的蠟燭，燭火旁不遠處是一個死人，穿着傳統的尼泊爾服飾，年紀很大，有一柄**尼泊爾彎刀**插在胸口上，相信他就是剛才的老者了。

進入這石室後，我鬆開了手，任由巴因的頭部重重撞在地上，然後我扯下了一幅衣布，將腦後的傷口緊緊地包紮起來。

就在這時，巴因看到了我，顯得**極度駭異**，結結巴巴地說：「你……你活過來了？」

看來他以為我受那重擊理應斃命。我指着那老者的屍體，斥責他：「**巴因，你殺了人！**」

可是巴因完全不理會我對他的指責，反倒指住我，**尖聲**道：「難道你——在那裏亮過光？」

「亮光又如何？」我說。

只見巴因極為緊張，大叫一聲，轉身向石階衝了上去！

我立即追他，沿石階一直向上跑，經過一間又一間同樣的石室，少說也有七間之多。

巴因動作**極快**，奔出了最後一間石室之後，正是那間似廟非廟的石屋之中，他向門外衝出去，我窮追不捨。

我們在黑暗的曠野上**追逐**，我因為頭部劇痛，追得十分吃力，幾乎想放棄的時候，恰巧前面有一輛車子駛過來，車上有兩名高大的歐洲遊客，下車幫我抓住了巴因。

我對他們説巴因是**殺人兇手**，他們馬上緊張地把巴因的雙手綁起，並押上車。

巴因的神情很奇特，好像一點也不把自己的殺人罪名放在心上，反而以一種極其**怪異**的神情望着我。

在天快亮的時候，車子到了加德滿都，他們先送我進醫院，然後再把巴因送交警局。

我後腦的傷口遠比我想像中嚴重，縫了八針後，我很快就在病牀上**睡着了**ZZZ。

當我醒來的時候，眼前的情景**嚇了我一跳**，因為足足有二十個制服鮮明的士兵在我的病房中，還有兩個制服更華麗的軍官站在我的牀前。而在那兩個軍官中間，是一位穿着傳統尼泊爾服裝，高雅莊重，一望而知是地位相當高的中年人。

那中年人來到我的牀前，十分有禮地說：「對不起，打擾了你，我們一直在等你醒來。」

我驚呆地問：「閣下是？」

那中年人禮貌地說：「衛先生，我是本國的御前大臣，國王想見你。」

我當場嚇了一大跳。這真是不可思議的事，尼泊爾國王要見我，為什麼？

我匆匆洗了臉，頭上的紗布沒法取下來，只好讓它繼續紮着，穿好了衣服，就跟他們登上醫院門前的豪華汽車。

車子飛快地駛向皇宮，通過保安關卡，駛進了皇宮的建築物內。

皇宮**輝煌宏麗**，我在御前大臣陪同下，穿過了一個大廳，沿着長長的走廊向前走。到了走廊的盡頭，有兩扇相當大的桃木門，門外站着四個衛兵。

那四個衛兵一見我們走來，立時大喊了一聲，兩扇門便從裏面打開，我向內望去，竟見到了殺人兇手——巴因！

他居然不是在警局或牢房，而是在皇宮之中，而且穿着**華麗**的衣服，坐在一張餐桌前，享用滿桌的美食，旁邊還有幾個穿制服的人在侍候他。

我指着巴因，驚訝得說不出話，「他——」

御前大臣說：「這位是巴因先生，你見過的。」

正在狼吞虎咽的巴因向我眨了眨眼睛，做了一個**鬼臉**。在皇宮之內，我當然不會輕舉妄動。我跟隨御前大臣來到一扇門前，他敲了敲門，門內傳來**莊重**的聲音說：「進來。」

御前大臣推開門，側身讓我進去。內裏是一間書房，傳統英國式，四壁全是書架，在一張大桌子後坐着一個人。

那個人自然就是**尼泊爾國王**了。

國王的樣子很憨厚，沒有什麼架子，他向我走來，親切地和我握手，「很高興你來了，衛先生！」

我也照例客氣了幾句，國王鬆了手說：「衛先生，在你來之前，我已經搜集了一些你的資料，知道你曾經參與過不少**神秘事件**，國際刑警總部對你的評價是：**一個絕對可以信任的君子。**」

我笑了起來，「謝謝！」

國王作了一個手勢，請我坐下，而他就坐在我的對面，「衛先生，我當你是君子，向你提出一個要求，希望你能答應。」

「請說，我一定盡我所能。」

國王吸了一口氣，嚴肅地說：「我的要求是：**請你立即離開**，無論在這裏你遇到過什麼事，見過什麼人，都請你**完全忘記**，不要在任何人面前提起！」

我氣憤地站了起來，但看到國王那種懇切的神情時，我心中的憤怒頓時變成了**疑惑**，沉住氣問：「我能知道原因嗎？」

「**不能！**」國王的回答極乾脆，也站了起來說：「這個要求由我向你提出，是對你的一種尊重。尼泊爾是一個古老國家，有些事，古老得你完全無法了解，所以，請你立刻啟程，你的行李已經在**機場**了。」

在這樣的情形下，我實在別無選擇，只能苦笑道：「好吧。」

國王十分**高興**，「我本人很喜歡與你會面，或許以後，我們有機會在別的地方見面。」說完，他便吩咐御前大臣送我到機場去。

名義上是送走，事實上，我是被押走的。那兩個軍官和御前大臣不但押我到機場，還押我上了飛機，一直飛到**印度**，才客氣地放我離開。

我心裏愈想愈生氣，那個巴因跟國王到底是什麼關係？殺了人竟然可以逍遙法外，還在皇宮裏受到款待。此外還有柏萊的死、辛尼的失常、那七層石室的**秘密**等等，所有謎團我都必須解開，所以，我決定要想辦法再回去，查出真相。

我下了飛機後，打開手機，發現白素幾小時前曾發**信息**給我。我馬上想起白素的護照應該差不多辦好了，她一定是想通知我，要來尼泊爾跟我會合，但她不知道，我已經被逐出尼泊爾國境了。

可是，當我打開信息一看，內容和我猜想的有點出入，她的信息竟然是：

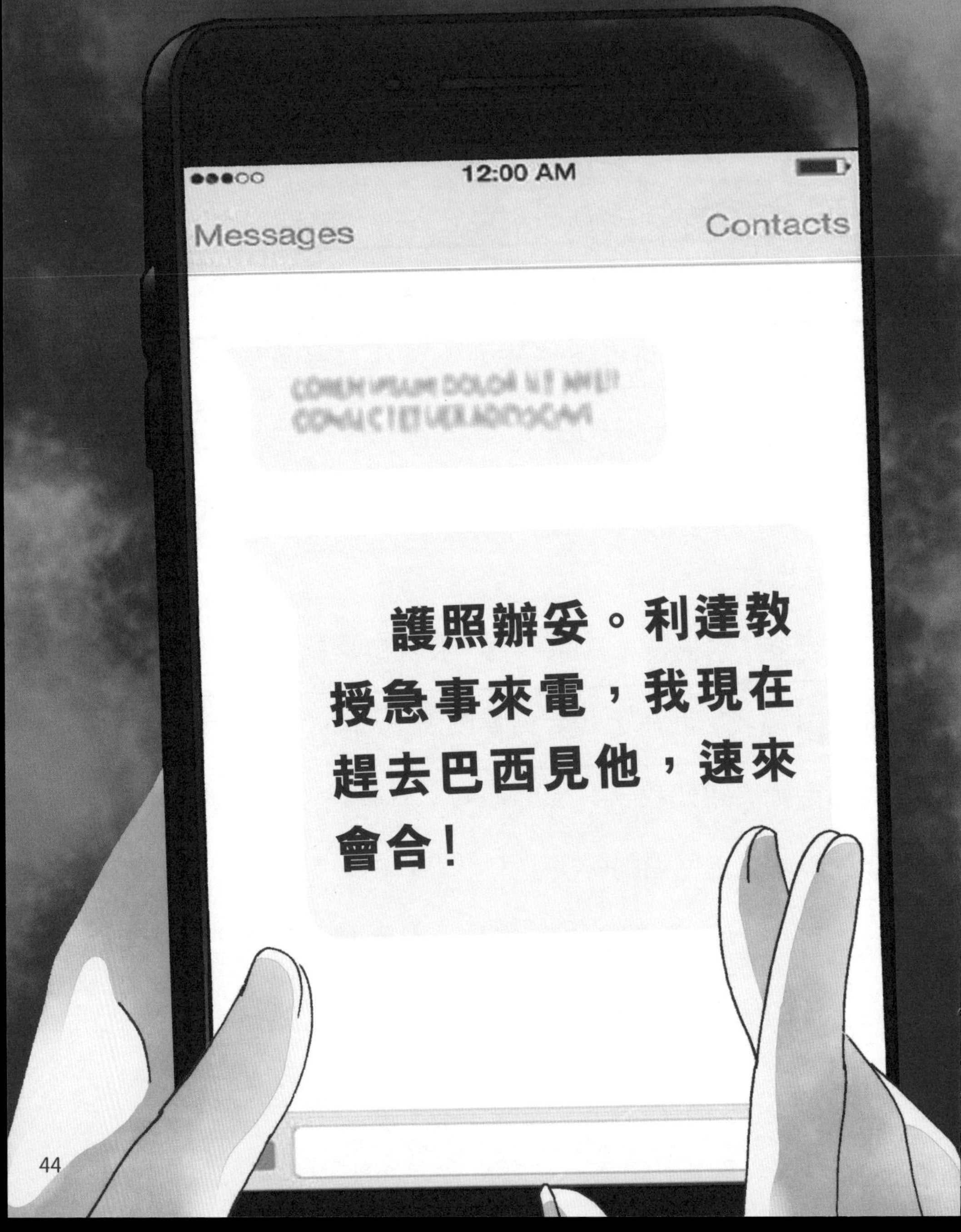

12:00 AM

Messages

Contacts

護照辦妥。利達教授急事來電，我現在趕去巴西見他，速來會合！

第四章

我馬上打電話給白素，可是電話接不通，她可能正在坐飛機去巴西的途中，所以收不到電話。

我沒想到白素不是來尼泊爾，而是去了巴西，但我也不感到驚訝，因為出發前她曾說過，比起尼泊爾，她更想去亞馬遜雨林探險。她多半是以為我已經辦好了尼泊爾的事，所以索性直接去巴西。

雖然她沒有說明利達教授有什麼急事，但我也不怎麼擔心，因為白素的能力在我之上，而我說來也慚愧，不但未把事情辦好，如今更被逐出尼泊爾國境。

於是我向白素留下訊息：**利達教授有何急事？我這邊的事情比想像中複雜，需要一些時間處理，辦妥後必盡快跟你們會合，祝旅途愉快。**

我到了酒店，向酒店借用了打印機，把我在那石屋裏拍下來的照片打印出來，然後開始和我在**印度**的朋友聯絡。

我首先想到的是芒里博士，他對尼泊爾、不丹、錫金這三個地方的歷史有深刻研究，更是這些地區的民俗權威。然後我又想到了一個脾氣十分古怪的學者巴宗先生，他是印度次大陸宗教權威，我在石屋中看到的那個**奇形**

怪狀的塑像，可能屬於一種冷門宗教，巴宗先生或可給我答案。

由於巴宗先生脾氣古怪，不太肯出來見人，所以我先約了芒里博士，然後一起到巴宗的家裏去。

我們在巴宗堆滿了新舊典籍的書房中坐了下來。我取出那疊打印出來的照片給巴宗看，他只看了三張，就憤怒地說：「這是什麼？我對現代金屬雕塑沒興趣！」

我連忙指着照片說：「你看這石台和周圍的香，這是一個神台，那堆東西被當作一種神來崇拜！」

巴宗向我望了一眼，把那疊照片又看了一遍，問：「你是在什麼鬼地方拍到這些照片的？」

「正確位置我也說不上來。首先是在離加德滿都以東七十里的一座古廟——」

巴宗立時接口道：「**星其剎古廟**，我三年前曾去考察過那座古廟，並且建議尼泊爾政

府好好修葺它，它的歷史可以

上溯到——」

我連忙**打斷**他的話頭，因為我知道，一旦敘述起宗教的起源來，他可以滔滔不絕地講上好幾個小時，我忙道：「這些照片不是在那古廟拍的，而是在古廟以北，約莫八九十里處，一座式樣相當**怪異**的石屋小廟中。」

我拿起紙筆，畫出那石屋的外形。巴宗瞪着我：「開什麼玩笑，我敢説尼泊爾全境內，都沒有這樣的建築物！」

我苦笑道：「有的，在這石屋下，還有着七層地下石室！**神秘**得很！」

此時芒里也開口：「聽來好像不可能！」

「**是真的！**」我説：「我到過那地方，曾經遇襲，被困在最下層的石室裏，那最底一層的石室**絕對不能有任何光亮！**」

巴宗聞言忽然興奮起來，拍着大腿叫道：「**黑暗教！**當地的土語是克達厄爾教！這個教的教徒崇拜黑暗，不能有光亮！」但他停了一下，「不過我一直只知道他們在印度南部有教徒，不知道在尼泊爾也有！而且，他們崇拜的黑暗之神，也不像堆爛鐵！」

我嘆了一口氣，問了另一個**問題**：「那麼尼泊爾的種族之中，可有一族人數極少的？」

芒里答道：「有，喜馬拉雅山上的耶馬族，只有七百多人。」

「七百多？太多了，我是說，只有兩個人，啊不，**現在只剩下一個人了！**」我說。

巴宗和芒里都瞪大了眼看着我。

我補充道：「這個族的人，好像和**尼泊爾國王**有些關係，國王十分袒護他，甚至他殺了人，也可以逍遙法外，還可以在皇宮裏大吃大喝！」

巴宗和芒里的眼睛瞪得更**大**。

我嘆了一口氣，知道再問下去也沒有結果，要解開一切謎團，必須再到尼泊爾去。

我當然不能再堂而皇之地進入尼泊爾，他們一定已將我列入了黑名單。所以，三天之後，我到了大吉嶺，再從陸路偷渡進入尼泊爾。

回到尼泊爾後，酒店房還未訂，我就先去找辛尼了。

我前往那座古廟，看到一群西方青年正在敲打着各式原始金屬樂器，相信他們正在進行聲音療癒。

我馬上發現辛尼就在其中，他們都閉着眼睛，聽着樂器發出的聲音，我正好趁機來到辛尼的身邊，一手捂住他的嘴，同時另一手用大拇指使勁壓在他頸上的大動脈上，使流向腦部的血液減少，令他昏暈。

我立即將他負在肩上，帶進古廟的深處，一間充滿了**霉腐氣味**的小室之中，把他綁在一根柱上。

他醒來時，我剛好在他背後，他看不見我，只看到燭光把我照在牆上的**投影**。

沒料到他一開口就興奮地叫：「**柏萊！是你！**」

他分明是將我誤認成柏萊了，但柏萊死在他手下，如果見到柏萊的**鬼魂**，也不該這樣高興啊！

「柏萊，你成功了？那裏怎麼樣？你答應過回來告訴我的，我知道你一定會回來的！」

我完全不能理解他的話，但我**默不作聲**，等他透露更多。

他又說：「這些日子以來，我最想不通的是**頭髮**有什麼用處？你一定已經知道了，快告訴我！你為什麼不說話？」

辛尼不斷扭頭過來想看我，但不成功。

為了套取真相，我將計就計，冒充柏萊的鬼魂，**沉着聲**說：「辛尼，**你殺死了我！**難道你心中一點也不內疚？」

辛尼充滿委屈地叫了起來：「你在說什麼？殺死？柏萊，本來是該我去的，我爭不過你，才給你佔先了，我真不明白你究竟在說什麼！」

我還是不理解，只好加重語氣，「**你殺了我！你是個兇手！**」

沒想到這樣反而令辛尼識破了我的身分，「**你不是柏萊！**你是什麼人？」

我也不再瞞他了，直接走到他面前。他一看到我，立刻變得**垂頭喪氣**，「是你？你不明白！」

「對，我確實不明白，或許只有警方才能問個明白了。」我說。

他立刻**緊張**起來，「等等！我可以把事情從頭到尾講給你聽，但你會相信嗎？」

「那麼要看你說什麼了。」

辛尼低着頭，過了好一會才說：「事情的開始，是一個叫巴因的尼泊爾人，向我和柏萊兜售**古物**，柏萊很感興趣，便答應了。」

他一開口就提到巴因，令我大感意外，原來兩件事是有**關連**的！

「那是什麼古物？」我問。

辛尼長長地吸了一口氣，「是真正的古物，和人類在地球上的歷史一樣**古老**。」

「你能不能説得具體一點？」我有點不耐煩。

「或許，你看了那件古物才會明白。」

「那麼它目前在什麼地方？」

「**我把它藏了在……柏萊的身體下。**」辛尼説。

第五章

怪異莫名的「聖物」

我立刻為辛尼鬆綁，帶他走出古廟。

「現在去把那古物掘出來！」我同時警告他：「別想逃走，否則把你抓去警局！」

我帶他上了我租來的車子，然後向那個河灘疾駛而去。

到達後，正是夕陽西下的時分，我打開行李箱，找到了兩件勉強可以用來掘土的工具，然後我和辛尼一起挖掘。

上次我走的時候，只是將柏萊的屍體草草掩埋，所以這時再掘起來，便十分容易。不消多久，就看到了柏萊的屍體。由於掩埋得不夠好，屍體可以啃吃的部分，全成了地鼠的食糧，只剩下森森的白骨了。

我們拉住那條舊氈子，將柏萊的骸骨提了起來。在骸骨之下，有一個方方整整的孔穴，藏着一個黑漆漆的盒子。

我跳進坑中，發現那是一個金屬箱子，十分沉重，我雙手用力把它捧起，交給辛尼，然後跳回上土坑。

辛尼打開箱蓋，一眼看去，箱裏有一個方形的東西，非常沉重，十足俗稱「火牛」的變壓器。在它的上面，有着許多如同頭髮一樣的細絲，看起來十分怪異。

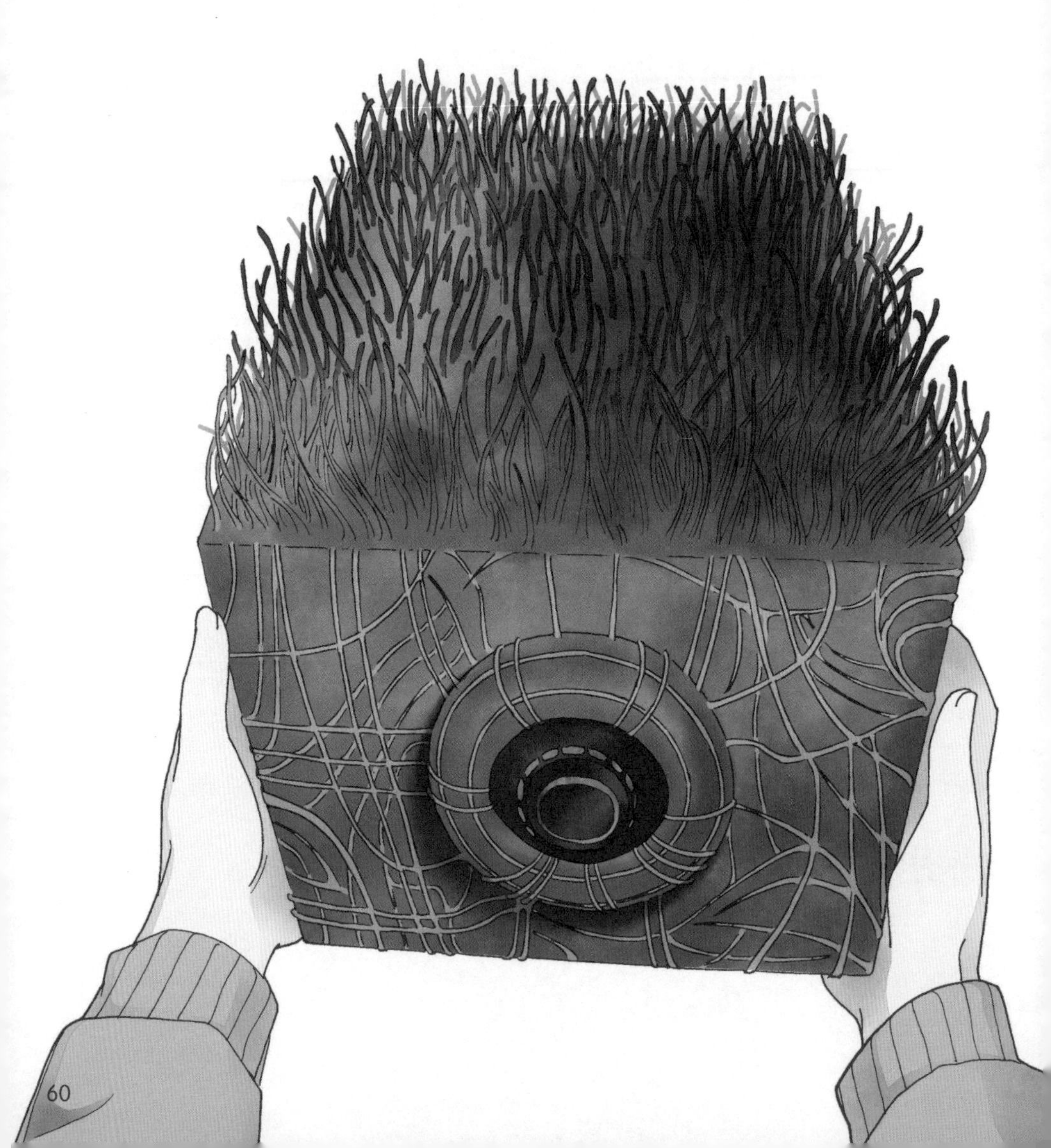

把那東西整個捧出來之後，大約有半呎見方，辛尼在那東西的底部摸索着，突然「啪」的一聲響，那東西生着「頭髮」的上半部就彈了開來，裏面充滿了極其微小的晶體。

那些晶體是發光的，有**藍**、白、**黃**、**紅**四色，以迅速有序的方式不斷*閃動*着。我真的呆住了，因為無論從任何角度來看，這東西都不是一件「古物」，而是一件高科技產品，看來就像一具縮小了的電腦，而且這「電腦」正在運作！

我心中充滿了**疑惑**，「巴因賣給你的，就是這東西？這算是什麼古物？」

辛尼吸了一口氣，「是的，當我和柏萊打開了箱子之後，我們也這樣想，以為上了巴因的當。不過我們也不打算追究，就隨便將它放在一旁。後來有一天，屋裏有點**悶熱**，我和柏萊就將它拖了出來當枕頭，因為金屬比較**涼快**。我們一個雙腳朝東，一個雙腳朝西，一起枕着鐵箱睡覺，結果，我們居然做了一個**相同的夢**。」

「一模一樣？」我問。

辛尼點點頭，「我和柏萊都呆住了，認為那是幾乎不可能的一種巧合，當天我們討論了一天，認為是這箱子作的怪，於是——」

「你們又將這箱子當枕頭**？**」

「是的。」辛尼説：「第二晚、第三晚，一連七八晚，全是那樣，**我們重複做着相同的夢！**」

「你們夢見了什麼？」

辛尼怔了一怔，搖着頭說：「我說出來，你也不會相信，最好的辦法是你**親身去體驗**。」

我也同意辛尼所說，由我親自去經歷那個夢，會比由他來敘述好得多。

於是我有了主意，將那東西有「**頭髮**」的部分合上，把它放回鐵箱裏去，關上蓋子，然後捧着箱子回到車上，辛尼跟着上車。

我駕車回到加德滿都，停在一家酒店的門口。我示意辛尼捧着那箱子，跟我一起走進酒店大堂。

我來到櫃台前，問職員要房間，正在辦手續之際，突然聽到大堂響起**喧嘩聲**，一把熟悉的聲音在叫道：「喂，我們是講好了的，銀貨兩訖，你買去的東西，不能退貨！」

我立時轉身一看，**那是巴因！**

巴因正在往後退，在他面前的是辛尼。辛尼雙手仍捧着那鐵箱，走向巴因，顯然想講一些什麼。而巴因一面後退，一面叫着：「不能退，就算我願意，我也沒有錢退給你！」

此刻我的處境十分**尷尬**，巴因是我要找的人，應該立時撲出去抓住他。但是，我又是**國王**親自下令禁足入境的人，只要我一露面，巴因一定會當場揭發我，那就麻煩了。

正當我舉棋不定之際，事情又發生了變化。巴因忽然推開了辛尼，拔足逃跑，而辛尼被他一推，雙手捧着的那個箱子**跌了在地上**。

箱子裏那不知名的東西也掉了出來，散成了兩半，那帶有「頭髮」的一半，爆出了許多**小火花**，並發出「**啪啪**」的輕微爆炸聲，而另一半中的許多小晶體也散落一地。

保安人員立刻趕過來，呼喝着：「喂，這是什麼東西？」

「***快走！***」我當機立斷拉住了辛尼的手臂，奔出酒店，轉了幾個彎才停下來。

辛尼的神情十分沮喪，喃喃地道：「**完了！**不論我怎麼說，你都不會相信我了！都是我不好，見到了巴因，就想問他再要一個同樣的古物，誰知道他誤會了我的意思，發起神經來！」

「不要緊，我們找個***舒適***的地方，你先把你們所做的那個夢，向我詳細敘述一遍。」

於是我們去了另一家酒店，要了一個房間，都喝了足夠的水後，我便屏息以待，「你可以開始說了。」

第六章

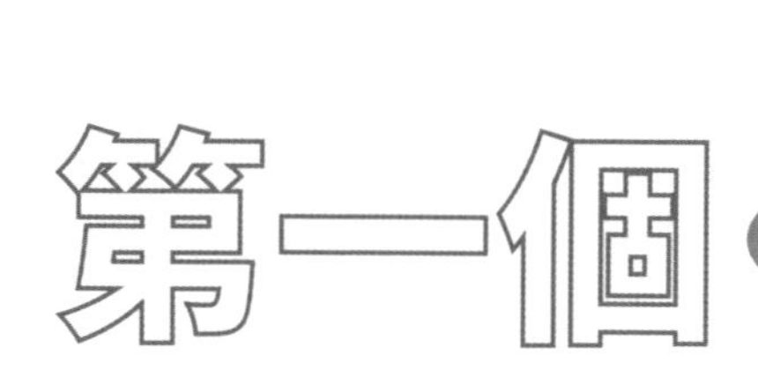

以下就是辛尼的夢，同時也是柏萊所做的夢。

一開始，他身處一個房間，感覺猶如在觀看虛擬實境影片，房間裏充滿柔和的光，

依稀有幾個人影

坐着。

他聽到那些人在講話，雖然那種語言他以前從來沒聽過，但他卻能聽懂當中的意思。

他首先聽到一把聲音，似是以領導人的身分說：「最後的決定是什麼，大家有結論了嗎？」

然後是一陣寂靜，第二個人說：「有了。最後決定是：將那些人驅逐出去，不能容許他們再留在我們這裏，和我們一起生活。要將他們遣走，愈遠愈好！」

「問題是將他們送到什麼地方去？」

那第二個人回應：「以前因為找不到合適的地方，所以方案一直耽擱。現在我們找到了一個地方，雖然不算很理想，但他們在那裏，勉強可以生活下去。」

「是什麼地方？」領導人問。

「是一顆十七級**發光星**的衛星，有大氣層，由於氣層不夠**厚**，所以受發光星本體的影響相當大，溫度的差異也很大，最高可能達到超百分之八十二，最低是負超百分之一百零四。」

辛尼完全不明白這是什麼溫度計算法。

領導人說：「那不行，不能適應這種溫度，會引起大量**死亡**。」

一把聲音道：「他們可以向那個星體上原有的生物學習，那個星體上現存的生物，為了適應星體上的溫度，身上有很厚的毛。」

領導人點點頭，「他們未必能長出禦寒的厚毛來，不過可以用當地生物的厚毛來加蓋自己的身體保暖。那麼高溫方面，那星體有沒有散熱的物質？」

「有大量的水。」有人回答。

領導人接着又問：「氣層中的所需成分呢？」

「只及我們這裏的一半，勉強可以生活，不過會變得**遲鈍**和**活力不足**。而相對濕度只有短暫時間和某些地區，才是最適合的。在大多數情形下，會感到不舒服。」

領導人「嗯」了一聲，「這已是最仁慈的辦法了，他們絕不能留在這裏！那地方的食物怎樣？」

「很足夠，當然要看他們怎樣去利用。」

領導人舒了一口氣，隔了一會，才又說：「現在最主要的問題是，要不要保留他們的**頭髮**？」

一把聲音回答：「**形態**由遺傳因子決定，外表無法改變，他們的外形會維持和我們一樣。或許在很久很久以後，會因為他們那個生活環境而有輕微變化，但決不會變得完全不一樣，他們將仍然有頭髮長出來。不過，我們可以使頭髮的功用**消失**，這一點是做得到的。」

領導人說：「頭髮的功能消失，他們的智力會降到接近**白痴**。」

「情形大抵是這樣，但是遺傳因子不可能全部消滅，一代一代傳下去，遺傳因子有**突變**的機會，以後的情形如何，我們也無法估計。而且，遺傳因子的記憶部分，也無法完全消除。」

領導人有點**吃驚**，「他們會記得這裏？」

一把聲音說：「不是記得，而是有一種**極模糊**的印象。」

領導人嘆了一聲，「這是另一個難題，如果他們有印象，就一定想回來。」

「不用擔心，那地方受到那十七級發光星球的**過度輻射**影響，使生命變得短促。而他們的頭髮又沒有了原來的功能，所以他們是無法回到我們這裏來的。」

這時候，有一個未曾發過言的聲音說：「照各位的意思是，將他們送走，就完全不管了？」

此話一出，大家都沉默了許久，然後領導人問：「你有什麼提議？」

那人說：「我提議，經過若干時間後，我們可以派人去察看一下，如果他們的後代當中，有符合和我們一起生活的，就應該讓他們回來！」

又是一陣沉寂，領導人說：「他們都有極強烈的**罪惡因子**，誰能擔當這樣的任務？」

那人說：「我們可以訓練幾個人，事實上，我已經找到**四個志願者**擔當這個工作。」

領導人擔心道：「那時候，在那個地方會有多少人？你只派四個人去，是不是太危險了？」

那人說：「**當然危險**，可是我們應該這樣做，讓有資格回來的人回來。我已經在訓練那四個人了，其中一個是我的**獨生兒子**。」

然後，又是一陣靜默，領導人説：「好，你的方案被接納了。畢竟將他們放逐出去是不得已的，那地方並不適宜生活，我也相信若干日子後，總會有一部分人有資格回來。」

領導人的身影忽然移動，並説：「我們去看看那些人的情形吧。」

接着，辛尼瞬間又置身在另一個地方，看到了他們口中所説要驅逐的那些人，數目眾多，從一個球形的白色建築物中列隊走出來。那座白色建築物一共有七道門，每一道門中都有人排着隊走出來，各自走進一個十分奇怪的東西，像一枚有五百公呎長的橄欖。

當所有人全登上去後，那些橄欖形的巨物突然發出驚人巨響，爆發耀目的火光，衝天而起，飛走了！

然後辛尼又聽到那領導人在問：「你準備什麼時候實行你的計劃？」

那人回答道：「十二個循環之後。」

領導人説：「你估計那時候，他們的變化已經傳了多少代？」

「至少一萬代以上了。那裏的時間和這裏不同，而他們又無法克服最後一關。是你下的命令，使他們頭髮的功能永遠消失。」

領導人有點無奈，「不是我一個人的意見，是會議決定的。其實，我們也算是夠仁慈的了。」

那人沉默，似是並不同意。領導人便換了一個話題，「我們克服了死亡這一個難關，算來也有二十個循環了。但那批人在那星體上死亡之後，會怎麼樣？」

那人說：「他們死亡之後，和我們未曾找到再生方法前一樣，在一種虛無飄緲的境界之中，無法延續生命。

夢每次到了這個時候，辛尼眼前的景象都會震震震動一下，然後他就醒來了。

第七章 國王說了奇怪的話

辛尼把夢敘述完後，嘆了一口氣，「衛先生，我一連七八晚，都做同樣的夢，但是柏萊卻和我不同。」

我有點**惱怒**，「你不是說，柏萊的夢，和你的一模一樣嗎？」

辛尼解釋道：「是的，我們一連七八天做了同樣的夢，但後來有一天，我外出買食物回來的時候，看到柏萊緊緊地抱住那東西，神情**興奮**，一見我回來就叫道：『**辛尼，我明白了！我完全明白了！**』」

「他明白了什麼？」我迫不及待問。

「原來我外出的時候，他用那**古物**做了一個新的夢。」辛尼說。

「還有新的夢？」我有點**詫異**。

辛尼點點頭，「他興奮地對我說：『你可知道那批被趕走的是什麼人？**是我們的祖先！**我們就是他們的後代！』接着，他抓住了我，用力搖撼我的身子，『辛尼，**我要回去**，你

幫我一下！』我問他，為什麼我們不一起回去。他說：『不行，只能一個去。』我接連說了幾次我要先去，可是沒有用，我一向也爭不過柏萊的，只好讓他。」

我皺着眉，「他要你怎樣幫他回去？」

辛尼說：「柏萊取出了一柄刀，指着自己的胸口，『你是學過解剖學的，在我這裏刺一刀，愈深愈好。』我叫了起來：『你叫我殺你？』柏萊卻哈哈大笑，『傻小子，你怎麼還不明白，我不會死，我已經知道怎麼回去，回去後，我就不會死，你忘了我們在夢中聽到的：再生！生命一直延續，死亡早被克服了！』我握着柏萊硬塞在我手裏的利刀，遲疑着下不了手。」

「**但後來你還是下手了！**」我激動地說。

「是的，當時柏萊的神情焦急而興奮，他說：『你刺我一刀，使我盡快**脫離**自己的肉體。肉體沒用，只像個房舍！趕快吧，再遲，這東西恐怕會失去作用！』他指着巴因賣給我們的那東西。」

「這不成理由！」我質疑道：「他如果要拋棄肉體，大可以***自殺***。」

「是的，我也問過他，他的回答是：『當然我可以自殺，但如果你幫我的話，我就可以更快達到目的。辛尼，我向你保證，我一定會回來告訴你一切，並且和你一同回去，這真是太**有趣**了，我們竟然一直未曾想過，**頭髮**有什麼用處，哈哈！』他一面笑着，一面催我下手，於是——」

「**你就一刀刺進了他的心臟！**」

辛尼默認道：「我還照他的吩咐，將那東西埋在他身體下面，之後我就一直等着他回來，可是他沒有回來。」

説到這裏，辛尼用一種十分**傷感**的眼神望着我，「一直到現在，我甚至連人的頭髮有什麼用處也不知道。」

「頭髮當然是用來保護頭部，小學生都知道！」我有點**憤怒**。

但辛尼忽然笑了起來，「小學生可以滿足於這樣的答案。不過，我相信以你的知識程度，不會滿足於這樣的答案，你知道人的頭骨有多厚嗎？」

「將近一吋，而且極硬而結實。」

「對啊，

是人體極重要的器官，保護它的責

任，由厚而堅硬的頭骨來擔當。人類一直到十八世紀，才找到鑿開頭骨的方法。既然有了那麼穩固的保護，還要那樣柔軟的頭髮來幹什麼？你難道沒有想過這一點？」

我一時間答不上，只好反問他：「那麼你説頭髮有什麼用處？」

辛尼失落地搖搖頭，「我也不知道，柏萊還沒有回來告訴我。我是學醫的，深知人體結構之精密，每個部位都有其用處，可是頭髮卻一點用也沒有，於是只好硬加給它一個用處：**保護頭部**。」

辛尼的話聽來也不無道理，我沒有再出聲。

他卻愈説愈起勁：「雖然柏萊沒有回來告訴我一切詳情，但是我也可以料到一點，那十七等發光星的衛星，就是**地球**！而我在夢中所見的那個地方，就是我們每個人都想回去的地方。我們對那個地方有一個共同的稱呼：**天堂**！」

我的呼吸不由自主地急促起來，辛尼繼續說：「而且，多少年來，地球上的人一直想上天堂，什麼方法都用盡了，甚至有人想造一座**塔**，順着這座塔爬到天堂去！」

一聽到這裏，我馬上又想起辛尼在敘述中提到的一些概念：罪惡、拯救、獨生子……

我登時恍然大悟，認定辛尼是個**宗教狂熱者**，腦中夾雜着**混淆不清**的許多概念，所以才有這樣的「**怪夢**」，並生活在幻想之中，導致神經失常。

我馬上有了主意，又一次用大拇指壓住他的大動脈，使他昏去。

當他醒來的時候，已經在**精神病院**了，因為我深信他極需要作一個全面的精神狀況檢驗。

把辛尼送進精神病院後，我終於接到了白素的電話，可是聲音不是很清晰，相信是她那邊的訊號接收不好。

「衛，快來！***用最快的方法！***」白素說。

我連忙問：「到底發生什麼事？你怎麼突然去了**巴西**

？」

我也不知道白素是否能聽清楚我的問題，而我亦只隱約聽到她說：「**你不必再找柏萊，柏萊回來了！**」

我當場呆住，而白素接着還說：「事情極怪，我相信柏萊在尼泊爾死了！利達教授的處境很不妙，快點來！這裏情形很不對——」

說到這裏的時候，電話就斷線了，但斷線前，我聽到那邊的背景裏有一種「篷篷」的鼓聲，我知道那是印地安部落召集所有族人的鼓聲，表示要進行一項極其隆重的**祭神儀式**，而且是突發的。

電話已經無法再接通了，我十分焦急和擔心，決定用最快的方法趕去，而要達到這個目的，我必須找一個人幫忙，那就是**尼泊爾國王**。

於是我厚着臉皮前往皇宮，想當然被護衛隊攔截抓住。

我把請求國王幫忙的事說了出來，經御前大臣稟報，謙謙君子的國王表示願意見我。

國王見到我時，並沒有生氣，只是**似笑非笑**地望着我，「你是一個很有趣的人！」

我**苦笑**道：「謝謝你，我有不得已的苦衷。」

想不到國王竟然有共鳴，嘆了一口氣，「和你一樣，我也有不得已的苦衷。大臣已經在安排了，你可以坐我們王室的**專機**到巴西去。」

我大喜過望，向國王行禮，「我實在不知道該怎樣感謝你才好。」

國王笑了笑，「只要你能守信就行了。」

我登時**尷尬**得無地自容。

在等候御前大臣安排一切時，國王與我閒談，他問我：「你是不是堅信，除了地球之外，別的星球上還有**高級生物**？」

我笑道：「**我堅信一定有！**」

國王對這方面的問題很感興趣，問了很多，使我覺得有點不尋常。

他問：「照你認為，那幾個極其突出的人，會不會是來自別的星球呢？譬如**佛祖**？」

接着他又説：「佛祖的理論，最終目的是要人能脱出**輪迴**，回到西天去，你知道西天何所指嗎？在西天，人是永生的？沒有死亡？」

我隨口回應道：「能到西天，那就不是人，而是神了，**神**當然是永生的。」

但國王又說：「有一個現象很奇怪，所有宗教的目的幾乎全是一樣，就是離開了肉體後，人的某一部分可以到某一個地方去，而這個地方，或稱**西方極樂世界**，或稱**天堂**。」

我點頭表示同意，怎料國王又問：「為什麼呢？」

我實在不懂得怎樣答，但國王接下來的話，使我十分**驚詫**，他說：「那些宗教的始創人，會不會本來就是由同一個地方來的？我的意思是：**耶穌**、**穆罕默德**、**佛祖**、**老子**，他們四個人本來是不是認識的？」

第八章

在南美洲發生的非常事故

那是一個極怪誕的問題，我搖着頭說：「不可能吧，這四個人生存的時間相差很遠，足有好幾百年。」

國王卻望向窗外，淡然地說：「好幾百年，那只是我們的時間，對別的地方來說，可能只是前後幾分鐘、幾小時的差別。」

我感到愈來愈離奇，國王的話充滿想像力，大大出乎我的意料。而這時候，御前大臣走了進來，「一切準備好，現在可以登機了。」

國王點點頭，很客氣地和我道別，然後御前大臣便派車子送我到機場。我登上了尼泊爾王室的**專機**，直飛往巴西。到達後，他們早已幫我安排好吉普車，於是我馬上開車往巴西北部的**叢林**飛馳而去。

我曾經到過利達教授的實驗室一次，路線我還記得，但**夜晚**闖入叢林是一件十分危險的事，車頭燈不時射到野獸的眼睛而反射出**綠光**，駭人非常。

等到朝陽升起，我已經駛到河邊，利達教授的實驗室快要在我眼前出現了。可是突然之間，我**驚訝**得用力踏下了剎車掣。

我下了車，望着前方發呆：利達教授的實驗室本來是六列十分整齊的茅屋，其中四列是用玻璃搭成的溫室，裏面種着上千種他費了近二十年工夫採集而來的**植物**，但是現在我所看到的，只是一片廢墟！

六列茅屋全成了**灰燼**，遍地碎玻璃閃耀着朝陽的光芒，而眼前一個人也沒有！利達教授哪裏去了？他僱用的助手哪裏去了？更重要的是，**白素哪裏去了？**這裏究竟發生了什麼事？

我激動地走進廢墟裏，找了又找，可是什麼也沒有發現。

當我累得坐下來的時候，忽然傳來車聲，我立刻**跳了起來**，迎了上去。

我看到一輛軍用吉普車駛了過來，車上有三個士兵和一名軍官。車子在我身邊停下，那軍官道：「**衛斯理先生？**」

我既驚又喜，驚是驚訝於對方竟能説出我的名字，而喜是因為他可能知道白素和利達教授的事，所以才會知道我的名字。

「我是祁高中尉。」他自我介紹，「我接到報告，有人在**晚間**駕車通過森林，向這地方駛來，我就知道一定是你。」

「這裏究竟發生了什麼事？」我急不及待地問。

祁高中尉嘆了一口氣，下了車，走到**廢墟**前說：「事情很不尋常，你看那邊──」他指向東邊那密密層層的崇山峻嶺，「在那裏，住着**黑軍族**。」

我一聽到「黑軍族」三字，不禁失聲道：「黑軍族？他們和外界不相往來，只要不侵犯他們，他們儘管**凶悍**，卻不會主動去侵犯他人！」

祁高點頭道：「本來是這樣，不過——」

我吞了一口口水，指着**廢墟**問：「這是黑軍族的傑作？」

祁高苦笑了一下，「**我來遲了！你也來得太遲了！**」

我只覺得頭皮發麻，「利達教授，還有我的太太，他們……」

祁高搖了搖頭，「我不知道他們最後怎麼樣，只知道早前有一天，與世隔絕的黑軍族竟然派了一個**巫師**下山，來找利達教授，要教授進山去。」

「是不是教授在採集標本時，侵犯了黑軍族的**禁地**？」

祁高堅定地說：「絕不是。教授在這裏多年，對黑軍族有很深刻的了解，不會做這樣的傻事。我來巡視的那天，正是那巫師來過的第二天，利達教授對我說起這件事，還開玩笑地說：『真**奇怪**，黑軍族的巫師居然對我說，我的兒子在他們那裏，叫我去見他！』」

祁高向我望來，「這不是太無稽了嗎？」

這當然太無稽了，但我卻感到一股**寒意**，因為我想起了白素在電話裏說過的兩句話：「**柏萊回來了。**」、「**我相信柏萊在尼泊爾死了。**」

祁高繼續説：「巫師在族中的地位十分高，親自出山，事不尋常。當我準備離開的時候，教授借用我車上的通訊裝置，給他一個亞洲朋友通電話。」

「那就是我？」我問。

祁高點點頭，「他接不通你的手機，於是打電話到你家裏，你太太接聽了。」

「我當時應該在飛機上，所以接收不到。」我説。

祁高繼續道：「你太太是我派人從機場送到這裏來的。當我們來到這裏的時候，就聽到黑軍族召集全族人的鼓聲，這表示他們族中有重大的事發生，教授説鼓聲已持續了好幾天。教授不肯離開，而為保安全，我離開時給他們留下一部衛星電話。當我過兩天再來巡視時，這裏已經變成現在的樣子了！」

「白素打過電話給我，可是說了幾句就斷線了。」我說。

祁高搖頭慨嘆：「我實在想不明白，黑軍族為何會突然來襲。」

我沒興趣在這裏空想，

地說：「請將你車上的汽油盡量給我！」

祁高立即想到了我想幹什麼，大叫起來：「**不能！**」

「不是能不能的問題，而是我一定要去！」

「你想闖入黑軍族的**禁區**？難道你不知道亨爵士探險團的事？」

我當然知道，亨爵士是偉大的英國探險家，招募了七個志願隊員，進入黑軍族的禁區。結果，八個人的屍體，被紮在一個有黑軍族標誌的木排上。

祁高臉色灰白，喃喃地道：「這簡直是自殺，我不能供給你汽油。」

我堅決地說：「結果是一樣的，即使是步行，我也一樣要去。中尉，這裏並沒有發現屍體，我們不能絕望，這裏的人，可能還生存在黑軍族中！」

祁高嘆了一聲，還是指揮手下將六罐汽油搬到我的車上。我立即上車，向祁高揚了揚手，便往黑軍族的方向疾駛而去。

那些山嶺看來很近，但實際至少有七八十哩。我徹夜不停地駕着車，總算闖出了叢林，眼前是山腳下的一片小平原，豎立着一個巨大的木牌，用各種文

字，甚至有原始的印地安象形文字，表示再向前去，便有極大危險。

我無法想像再向前駛去會有什麼後果，但正如我告訴祁高一樣：**我非去不可！**

我踏下油門飛馳，一到達山腳，就聽到一陣急驟的鼓聲。六個身上畫着**暗紅花紋**的印地安人，用極其矯捷的身手**躍了出來**。他們手中都拿着已經搭上了箭的小弓。

我仍然在車內，不知如何是好。那六個土人向我走來，一直張着弓，包圍了我的車子。

其中一個臉上紅紋特別多的土人開了口，一時之間，我真不敢相信自己的耳朵！因為他竟然說了三個字：「**衛斯理？**」

聽到那三個字後，我實在忍不住哈哈大笑起來，再沒有比這一刻更開心的了！一個與世隔絕的土人會叫得出我的名字來，那不消説，一定有人教他。而教他的人，除了白素，還會是誰？

我一笑，那六個土人也跟着哈哈大笑，並收起了小弓。

紅紋最多的那個土人作了個手勢，示意我下車，跟他們向山中走去。

我們經過了一個峽谷，沿着峽谷向山中走，漸漸上了一個山嶺。等到翻過了山嶺，開始下山的時候，我看到下面一個被濃密樹蔭所蔽的山谷中，突然冒起了幾股濃煙，同時傳出一陣極其急驟的鼓聲，看情形像是有什麼意外發生了。

我想用手勢向那六個土人詢問情況，但當我回頭望向他們之際，我不禁驚呆住了！

因為他們六個人竟分成了兩組對峙着，手中各拿着以獸骨造的匕首，劍拔弩張，氣氛緊張到極點。

第九章

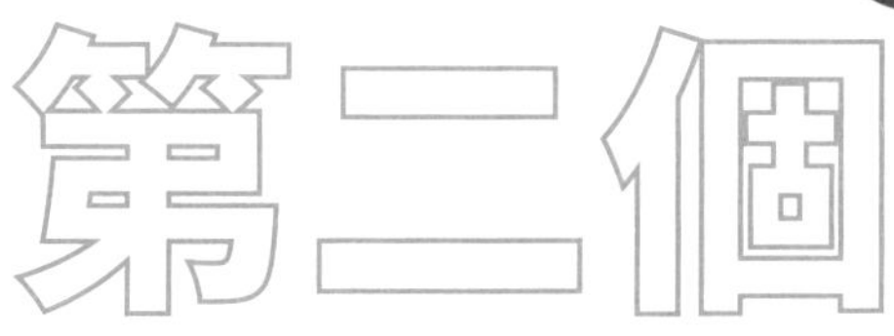

山谷下的鼓聲愈來愈急，而且還傳出了戰鬥的聲音。

就在此際，那六個土人也吶喊起來，揮動着手中的武器激烈地**拚鬥**。

山谷中的廝殺聲**愈來愈烈**，聽起來至少有幾百人在打鬥，可知下面山谷一定是黑軍族的聚居地，而白素和利達教授很有可能就在那裏！

我不再理會那打鬥中的六個土人，立刻轉身**向山下奔去**。

離山谷底部愈接近，冒上來的**濃煙**也愈劇烈。忽然間，有二十多個土人從下面直奔了上來。

他們手中拿着原始武器，一見到我，就狂喊着向我攻了過來**！**

就在我和他們打得難分難解之際，不遠處忽然響起了一下口哨聲。我一聽就認出那是白素的口哨聲，迅速循聲奔去。果然，在一塊大石後，握着一柄散彈槍的白素向我叫道：「**快過來！**」

一見到白素，我心中興奮得難以形容，立刻向她**躍了過去**，但那二十多個土人仍想攻來，白素鳴槍示警，他們才狼狽退去。

然後白素帶我翻過一大叢灌木，進入了一個相當狹窄的山洞之中。

那山洞十分**隱蔽**，洞口是一大叢濃密的灌木，洞裏陰暗，仍可聽到山谷下傳來的鼓聲和打鬥聲。

白素先開口：「衛，你終於來了！黑軍族已**分裂**，一邊是酋長領導，另一邊由祭師率領，他們正在內戰。」

「他們為什麼內戰？」我問。

山洞裏突然有一把聲音回答道：「**為了我！**」

我嚇了一跳，大呼：「誰？」

那聲音自山洞深處傳出來：「**我是柏萊！**」

山洞中那傢伙竟自稱是柏萊？我在尼泊爾見過柏萊，第一次，他**半腐爛**；第二次，他簡直就是一副**白骨**了。

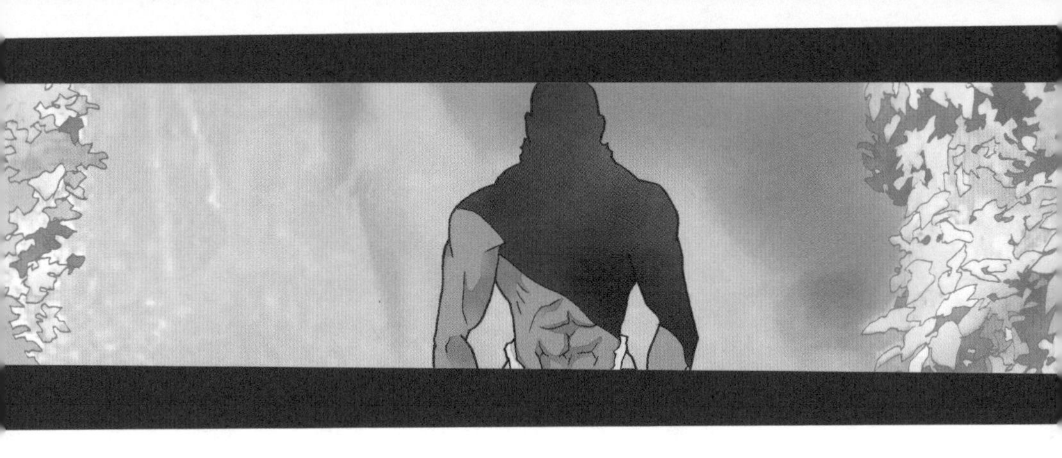

我真怕山洞陰暗處會**搖搖晃晃**走出一具白骨來，不禁吞了一下口水說：「希望你的樣子不是太駭人！」

那聲音苦笑道：「不太駭人，但是也不太好看。」

那人從洞中陰暗處走出來，當然不是一具白骨，卻是一個印地安土人，臉上有着**紅**、**棕色**的花紋。

「開什麼玩笑？**是土人！**」我叫了出來。

「土人」來到我面前，「衛先生，你何時見過一個黑軍族的土人會講這樣流利的英語？**我是柏萊！**」

我呆呆地看着他，「你真是柏萊？你不是要回去嗎？為什麼會來到這裏？」

那「土人」臉上現出**悲哀**的神情來，「是的，我想回去，可是不知什麼地方出錯，使我來到了這裏。」他忽然又很驚喜，「你是怎麼知道我要回去的？你見過辛尼了？他對你説了那個夢？」

聽他這麼説，我開始相信他是柏萊，而且不禁拍打了一下自己的額頭，「**天啊！**原來這一切全是真的！但我卻將辛尼送進**精神病院**做檢驗！」

柏萊忍不住笑道：「可憐的辛尼！」

接着他又**緊張**地問：「那東西還在嗎？」

「巴因賣給你們的古物？已經**毀壞**了！」我告訴他。

柏萊登時慘叫了一聲，神情相當失望，激動道：「那東西怎麼會毀去的？**我要回去！**我不要留在這裏，我應該可以回去的，到底什麼地方出了差錯？」

我盡力令他冷靜下來，「聽着，如果你不鎮定，我們就找不到什麼地方出錯。」

待柏萊鎮定了不少，我接着說：「我先講我在**尼泊爾**的經歷，再聽你們的事。」

柏萊和白素點頭表示同意，於是我便把我在尼泊爾的經歷，詳細講述了一遍，然後我問：「辛尼說你後來做了一個新的夢，那個夢是怎樣的？」

柏萊吸了一口氣，「那天，辛尼外出購物，只有我一個人對着那儀器。」

我忍不住打斷他問：「你稱那東西為『儀器』？」

柏萊反問：「不是嗎？當人的頭部靠着它而又處於睡眠狀態 Z Z 時，它所記錄的內容就能進入人的腦部，播放出來。」

我和白素互望了一眼，認為柏萊這樣的解釋很透徹。

柏萊接着說：「我和辛尼一連許多晚都做同樣的夢，但每次夢到最後，夢裏的景象都震動了一下。我反復地想，是不是這個儀器還有一段紀錄未播完呢？於是我打開了它，用一根鐵絲，把凡是可以按下去的地方，都按了一下，發現有一些地方快速地閃亮起來！」

「於是你重新枕着它睡，成功做了一個新的夢？」我問。

柏萊點點頭，「和第一個夢一樣，我感到有人在説話，説話的人語氣十分激昂，他説：『我的辦法是，一面向他們講明我的來意，一面用武器顯示我的威力，令他們服從！任何對我服從的人，經過考察，確認夠條件

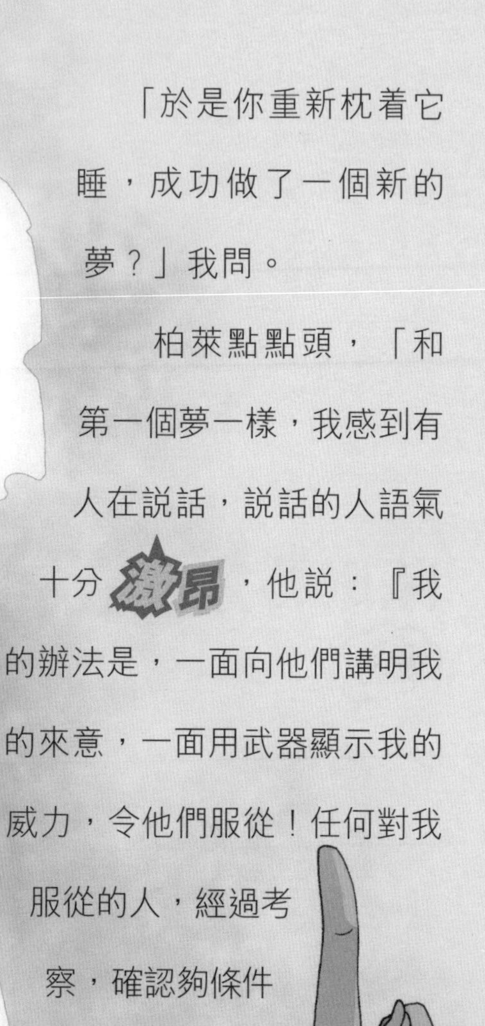

了，我就會使他們回來！』由於以後還有三個人發言，所以這個人，姑且稱他為A。」

我和白素都點頭同意，靜待他繼續說下去。

「A説完後，B開始講話，B的聲音平和寧謐，語調緩慢：『他們和我們本來就是平等的，他們所受的苦楚，連他們自己也不知道是為了什麼，他們的貪嗔無知，並不是他們的過錯。只要他們能夠放下一切，我就會帶他們回來。在這之前，我會先教他們將已經沒有用處的頭髮全部去掉。』」

聽到這裏，我不由自主深吸了一口氣，和白素握緊了手。

柏萊繼續道：「接着是C的講話：『他們實在是太值得同情了！他們一出生就帶着邪惡的遺傳因子，他們所在的地方一定已成了罪惡之都。我會教他們用信念來壓抑邪惡的念頭，並要顯示一定的力量，希望他們能信我！**信我的人，都可得救！**』他的語調十分誠懇，令人感動。」

這時，我心中亂到了極點，相信白素也一樣，我們的手握得更緊。

柏萊接着說：「最後，D的語調最輕鬆：『當然要講道理給他們聽，但以他們的知識水平，可以講給他們聽的道理，就不會是真正的道理，要看他們各人的領悟能力，不能強求。他們要是明白了身從何來，自然會覺得他們現在的所謂一生，實在只是一種虛象。當他們明白這一點之後，就有資格回來了！』

「那四個人講完後，我又聽到了一把熟悉的聲音，就是在第一個夢裏，提議派出志願者的那個人，我知道那四個人之中，有一個是他的獨生子。他說：『很好，你們四個人性格不同，使用的方法自然也不同，但目標是一致的。在你們決定動身之前，仍可以考慮退出，因為這實在是一件十分凶險的事。你們在那裏，不知道要受多少苦楚！』但B說：

『**我不去，誰去？**』其餘三人也一致表示同意。

「那人又說：『你們前去的方式已經有定案，你們將和他們一起生活，一起長大。你們分別起程，到達時，難免有一定程度的**時間差別**。初時你們幾乎沒有任何能力，但能力會隨時間慢慢恢復！』

「這時，D問了一句：『在那裏，我們還是**永生**嗎？』那人說：『你們看起來會像他們一樣，**生命有盡頭**，但我會立即把你們接回來，延續永生，所以不用擔心。』」

柏萊敘述到這裏，停了一停，然後說：「第二個夢到這裏就結束。我醒來後，不斷思考，終於想明白了：我們人類根本不是**地球**上自然發展起來的生物，而是外來的，不知多少代以前的祖先是一群**罪犯**，被剝奪了智力，送到地球上來。他們剛來的時候，智力等同白痴，那就是**原始人**！他們在地球上繁殖，智慧的遺傳，一代一代緩慢地恢復——」

我忍不住**打斷**他的話頭，「這樣假設，未免太過武斷了！」

柏萊笑了起來，「你不覺得，我們對地球的一切是多麼不適應嗎？儘管過了那麼多年，人對地球的氣候還是不能適應。溫度、濕度的**高低變化**都使人不舒服，這是在地球上進化而成的生物應有的現象嗎？而且地球上的生物，只有人，才在最接近**腦部**的地方，長着這樣長而不知有什麼作用的**頭髮**！」

我一時間也難以反駁，柏萊卻愈說愈**激昂**：「我們根本是從別的地方來，那地方才是我們的家鄉。在地球上，人的生命短促得猶如一聲嘆息，痛苦和罪惡充塞。而回到原來的家鄉後，我便可以永生，那裏是——**天堂**！」

第十章

再闖  尼泊爾

柏萊顯得很**興奮**，「我要回去！從他們的話可知，如果要回去，就要摒棄一切，尤其是我們的身體！」

接着的事我已聽辛尼説過，「所以辛尼回來時，你要他在你的**心臟部位**刺一刀，並將你和那儀器埋在一起。」

白素也立刻追問：「那一刀刺進去之後，你怎麼了？」

柏萊說：「真是奇妙。那時，那儀器就在我身邊，我先是一陣暈眩，眼前一片**漆黑**，然後就感到和那儀器之間有了**聯繫**。而我的生命，正通過許多通道奔向外面，離開了我的肉體。我的意識竟好像**浮在半空**，看到了自己的肉體正倒在地上，胸口插着一柄刀，旁邊的辛尼口中喃喃自語，不知在說什麼，而那儀器就在他身邊。

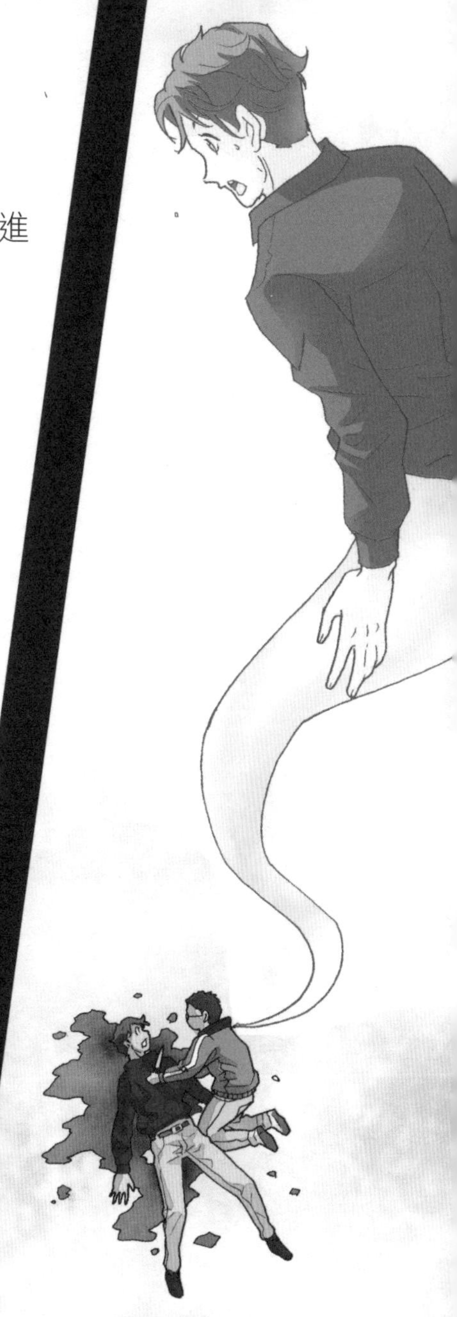

「我望着儀器中一個小小的按鈕，想去按它。可是那時我沒有身體，沒有手指，該怎麼去按那個鈕掣呢？正當我這樣想着的時候，突然之間，我感到那個鈕掣已發生作用了！」

我怔了一怔，「就像**無線電波**遙控一樣。」

「沒錯，那是我精神的控制。我渴望回去，可是又不知道家鄉在哪裏。當時我只感到一片又一片的光芒不斷地**閃耀**，那只是一個極短的過程，在這個過程中，我不由自主地想到了父親，想到了我自小長大的南美叢林——差錯或許就在這裏，當我眼前又**一黑**，接着再睜開眼來時——」

柏萊説到這裏，現出一個十分**苦澀**的笑容來。

即使他不說，我也可以知道，當他又有了正常的知覺時，他的**靈魂**已經進入了一個黑軍族土人的身體之中！

柏萊苦笑着，「我睜開眼來，立即覺得不對勁！首先，我感覺到自己又有了身體，但我是不想要身體的，只有不要身體，才能回去。接着，我看到周圍有很多人在圍着我跳舞，一個戴**黑白**羽飾的土人，用羽毛造的掃帚，掃我的身子。我不禁大叫一聲，坐了起來，怎料他們的反應比我還要吃驚。」

「當然。」我早已猜到，「因為你這副身體是屬於一個剛死的黑軍族土人，而你居然在他們面前**復活**過來。」

「你很聰明，當時我花了不少時間才弄清這個情況。」柏萊說：「當我知道自己身處**黑軍族**部落時，立時想起父親的實驗室並不遠，於是我向土人表明自己的身分。沒想到祭師卻宣布我是天上派來的使者，要為我舉行**龐大**的儀式，並推舉我來當全族的領袖。原來的酋長自然反對，於是整個黑軍族分成了兩派，展開多日的爭論。我無法離開，只好說服祭師去找我父親。」

接下來的情形可**長話短說**。利達教授聽到祭師說，他的兒子已化成一個黑軍族土人，當然不知所措，於是打電話給我。而那時候我正在飛機上被「送」出**尼泊爾**國境，接收不到**來電**，結果利達致電我家裏，聯絡上了白素。

白素聽了利達的轉述，知道事非尋常，所以立時趕來（但我認為更多是出於她想來南美旅遊），並且通知我盡快去會合。

當白素和利達教授會面之後，黑軍族內部的爭論更加激烈，已經有小規模的衝突。柏萊想盡辦法和外面文明世界**聯繫**，只好再次要求祭師去接他父親來與他相會。

祭師答應了，酋長卻同時派人去對付利達教授。幸好祭師派去的人先到一步，將利達和白素接到山中，而酋長的人就**放火**，將教授的實驗室燒成平地。白素和利達教授到了山中，和柏萊會面，黑軍族內部爭吵激烈，還是白素有辦法，聲稱另外有一個天神的使者要前來，這個天神的使者叫**衛斯理**。

她花了幾天時間，教會了不少土人能讀出我的名字來。我首先遇到的那六個土人，就是白素的「學生」。

酋長想到有了一個「**天神使者**」，他的地位已經受到威脅，如今再來一個，豈不更加糟糕？所以趁我還未到達前，他便率先進攻，爆發內戰。

白素見勢色不對，便帶着教授和柏萊迅速**逃走**，躲進了這個山洞之中。

整件事情的經過就是那樣，我聽他們講完，忙問道：「那麼教授呢？」

白素嘆了一口氣，「在我們逃上山來的時候，一隊忠於酋長的土人向我們攻擊，教授中了一支**毒箭**，當場死亡。」

我也嘆了一口氣，望向柏萊，發現柏萊一點悲傷的神情也沒有，那是因為他對於「**死亡**」已經有了新的觀念。

柏萊說：「我們在地球上的生命，實在太微不足道，**永生**才是最重要的。跟永生相比，一百年，和五十年、二十五年，其實差不多。」

白素從洞口觀察外面的戰況，「糟糕！酋長那方得到了**勝利**，我們要設法逃走了！」

「好！我們馬上到尼泊爾去，我要再找一部儀器！」柏萊說。

一提到尼泊爾，我就想起自己答應過**國王**的事，心想又要再一次食言之際，我忽然想起另一件事，不禁失聲叫道：「噢！國王向我問過一個**怪問題**，當時聽了就只覺得怪，可現在想起來——」

白素和柏萊都聽我講過我在尼泊爾的遭遇，柏萊馬上記起來，「國王問你：『那幾個極其突出的人，他們本來

是不是認識的？』他們當然是相識的，因為他們就是那四

個志願者！」

我頓時覺得所有謎團都是糾纏在一起的，國王和

巴因之間的**秘密**關係，巴因何以有那些神奇的儀器，

柏萊死而復生的奇蹟等等，似乎都要回到尼泊爾，向巴因

再要一部儀器，才能解開。

我們等待鼓聲靜下來，才一起出山，幸好能

找回我那輛吉普車，成功回到附近的一個市鎮去，再為柏

萊換上普通人的衣服，使他不算太礙眼。

當晚，我們詳細商量前往尼泊爾的細節。白素可用正

常的方法入境，而我和柏萊則要採取我第二次到尼泊爾的

路線。

由於我有一份**國際警方**發出，由數十個警察首長簽署的文件，所以要讓柏萊出境離開巴西，也並非難事。我們上了**飛機**，到了大吉嶺，白素則繼續飛往加德滿都。

我和柏萊在大吉嶺逗留了三天，準備好一切後，才一起偷渡進入尼泊爾國境。

我們到達了加德滿都，來到和白素約定好的那家酒店。白素理應在四天前已經到達，可是酒店卻沒有白素來過的紀錄，那表示，**白素遇上意外了！**

（待續）

案件調查輔助檔案

屏息靜氣

我**屏息靜氣**地等着，聽到巴因的腳步聲就在我伸手可及的位置時，我迅速一掌劈了下去，憑觸覺一抓，抓到了他的一條手臂。

意思：有意地閉住氣，形容靜悄悄，不出聲息。

修葺

巴宗立時接口道：「星其剎古廟，我三年前曾去考察過那座古廟，並且建議尼泊爾政府好好**修葺**它，它的歷史可以上溯到——」

意思：指修理建築物。

袒護

國王十分**袒護**他，甚至他殺了人，也可以逍遙法外，還可以在皇宮裏大吃大喝！

意思：出於私心而無原則地支持或庇護某一方。

將計就計

為了套取真相，我**將計就計**，冒充柏萊的鬼魂。

意思：表示利用對方所用的計策，反過來對付對方。

當機立斷

「快走！」我**當機立斷**拉住了辛尼的手臂，奔出酒店，轉了幾個彎才停了下來。

意思：比喻事情到了緊要關頭，就毫不猶豫地做出決斷。

衛斯理系列少年版07

頭髮（上）

作　　者：衛斯理（倪匡）
文字整理：耿啟文
繪　　畫：余遠鍠
助理出版經理：周詩韵
責任編輯：蔡靜賢
封面及美術設計：BeHi The Scene
出　　版：明窗出版社
發　　行：明報出版社有限公司
香港柴灣嘉業街 18 號
明報工業中心 A 座 15 樓
電　　話：2595 3215
傳　　真：2898 2646
網　　址：http://books.mingpao.com/
電子郵箱：mpp@mingpao.com
版　　次：二〇一九年十月初版
二〇二〇年六月第二版
二〇二二年七月第三版
ISBN：978-988-8526-66-6
承　　印：美雅印刷製本有限公司